弦歌岁月

范文武 著

长江出版传媒 长江文艺出版社

范文武

云南人，生于1964年10月。云南省作家协会会员，中国诗歌学会会员。先后出版专著《守望竹楼》、诗集《怀抱孩子劳作的母亲》《还我一尘不染》《谚草集》等。曾在《散文诗世界》《大家》《边疆文学》《钟山》等杂志发表诗歌、散文、报告文学上百篇。创作歌曲10余首，其中《想找竹楼安个家》已成为西双版纳的经典名曲。

序

　　在西双版纳的橄榄坝，人们在寺庙旁边的竹楼中唱着他写的歌谣，迎接或送别来自四面八方的旅客，无数的耳朵、心脏、眼眶因他深情而朴素的歌词而得到了一座额外的乐园。但在那雨林深处、澜沧江灿烂的波光里，很少有人停下匆忙的脚步，耐心的打听歌词作者——一位隐身诗人——的名字，他们，我们，所有能够感知语言的音韵之美的人们，无一例外的将那美妙的歌唱，当成了西双版纳热带雨林神秘的组成部分之一。它们非人力所为，乃是梵音、盂高棉文化和大自然共同孕育的天外之物，如林间一闪而逝的白鹇鸟翅膀上的光，如基诺山中人与神热恋时的喃语。他被安插在了密林、花朵和菩萨的倒影之中，他发出的声音，人们都以为来自万物之口，~~都知~~是一片土地和一个部族的谣曲，而不是出自一位名叫范文武的中年汉人。

在 ~~其他土地方~~ ，我不清楚 ~~~~ 还有没有相名的土壤供养着类似的精神奇观，或者说，~~我~~当所有的文明已经飞奔在高速公路上，我不知道那些丧失了神性与人道的土地上，是否还有诗人天真无邪的遁迹在万物中间，并以个体的方式快乐地吟唱。我的阅历告诉我，在云南这却是一个常识与通识，佤山、布朗山、拉祜山、景颇山、基诺山，彝寨、傣寨、苗寨、哈尼寨、纳西寨，金沙江、澜沧江、怒江、李仙江、红河，凡是有聚落的地方，就有匿名的诗人、先知和巫师。他们没有"诗人"的社会身份，是人群中普通的一个，内饰、外象、颜色、骨相，~~是要都弄~~毫无人工雕造的痕迹，一就是一，二就是二，只在一时兴起或某些古老的仪式上引颈而歌，念念有词。~~时~~

其语词、声音、表情，~~四~~与果实、涛声、~~的~~沟壑没有什么区别。发乎于心，呈之于表，受之于神，归之于野，欣欣然，寂寂然。高崖般具体、沉雄，流云般玄手、虚空。虚可至空无一物，实则达于心粒沙。所以，当某位朋友指着一点诗人相也没有的范文武，告诉我"他一直在写诗"，我一点也不诧异，反而觉得这个抱

20×15 300 共 页口第 页 平阳笺
③
003

着水烟筒低头吸烟的"老汉"，他沉默时脸上透出的阳光，交谈时内心所持守的矜持，人声鼎沸时他浑身散发出来的孤独与漠然，他的在场即不在，他的不在即是自我坚硬如磐石，其实相无疑说是一个雨林中活泼泼的歌者。无论是音量，还是身体的尺寸。无论是内力，还是外露的品性。那一天，（何向阳）高震、沈河、霍俊明、罗振亚、李琦、娜夜等等一群诗人朋友欢聚在撒榄坝的傣园，神仙一样的傣家少男少女们一首接一首地唱着他写的歌，我（在大家面前）希见他独自坐在竹楼的一角，脸上有喜悦，甚至是惊喜，沉醉般地听着，不时点点头或用脚击地打着拍子，那样子仿佛是一个外乡人第一次聆听那样的歌唱，歌词乃是别人所写，或是少男少女们即兴所为，与他无关。事后，同样灵魂出窍似沉浸天真地问他："这些歌词真是你写似？"他笑笑，没有回答，转身就去张罗大家前去参加泼水活动。

子曰：　　"《诗》三百，一言以蔽之，曰：思无邪。"

之后，在系统阅读⽥范文武所创作似诗歌时，其带给我最深似印象也就是它们均出自肺腑，自然而生，思想纯正，没有邪念。书写钟阿城以"三王"书写过似橄榄坝，回首以火腿闻名天下似滇东北似宣威故乡，有感而发于浮尘世事，他似一字一词都能抵达字词本身，他似随想与顿悟，他似灵机一动与冥思苦想，均忠实于个体似独立性又能寻找到"万有"似精神支点，于有缺陷似世界中通过语言积极似应对生命似不幸，超越自身似困境并快乐地歌吟，其救赎之道与飞升似法门，总是一以贯之似透颖善质朴与真

20×15 300 I 页　页口第　8　平阳笺

⑤

诚的热血品质，诗与人合一，情与思同体，令人在其诗歌之外还能坐享一份直面世道时所表现出来的达观、从容和坦然。我视其为云南山水之间迷人的自然主义诗人，在失神之年有知敬畏，内心有分寸，谦卑、洁净的语言一如草木般透守着天机与地理……

　　值此他的新诗集出版之际，我以与他并肩的诗人身份，向他祝贺，听他歌唱！

　　　　　　　　　雷平阳
　　　　　　2019年夏，昆明

目　录

第一辑

怀抱乌蒙

向过去致敬

　　一年即将过去，我站在时间的河岸，向唰唰流去的时光依依惜别，但又仿佛觉得，一秒一秒的时间又推拥着我向前……

——题记

我向一间老屋致敬
在时光里摇摇晃晃的模样
像是祖母蹒跚的姿态
在寒风中衣衫褴褛的孤独
像是祖父远去的背影
老屋抱着火塘
仿佛母亲怀抱儿女的温暖

我向一条老路致敬
像是曲曲弯弯深深浅浅的河流
生生不息的跋涉探索
流淌着邻里乡亲相依相偎的情愫
游荡着亡灵和现存者的气息

我向过去的一年和一天致敬
它们在一寸一寸地增加仰望的高度

它们在一米一米地丈量奋斗的征程
仿佛时间的刀锋在雕刻灵魂
静候时间的熔炉在修炼涅槃
筛选出一粒可以成佛的种子

我向过去和未来致敬
过去和未来
是一对丰满的乳房
过去喂养我的弱小和愚昧
直到它们成长为今天微笑自信的光芒
未来喂养我的渴望和理想
直到它们成长为明天霞帔金顶的辉煌

回家过年是真爱的宣言

夕阳的余辉柔和依依
眺望远山的目光
停留在层次分明的光影
寒风微微飘来故乡的气息
妈妈亲手揉捏的鱼鸽
瞬间长了翅膀
屋檐低飞的雨燕
呢喃着遥远悠长的牵挂

一米米拉长的路途
撕扯着母子血肉相连的疼痛
步步走近的时光
缩短了我与你思念的岁月
一寸一寸光阴堆积的思念
塞满了母亲的心口
漫延成我汹涌澎湃的潮汐

空空的行囊装满了浓浓的乡愁
乡村袅袅的炊烟释放出团聚的信号
四面八方的脚步敲响了老屋的安静
所有的行为

汇合成千山万水抵达的欢呼

母亲揉搓的鱼鸽
包裹住了我一世的香甜
三百六十五天的奔波
已被母爱的眼神融化
三百六十五夜的梦想
怎比父亲的一脸慈祥

走
回家过年
这是对亲情真爱的宣言

冬　韵

深冬寒风烈，
雪落时光切。
回首看山岭，
峰静水不歇。

春天也叫不醒了

1

你转身离去的瞬间
丢给了我一个冬天
从此
我的心里一直飘着雪

2

夜晚的安静
被车轮碾碎
那一同被碾碎的还有梦

3

灯火
破坏了夜的完整统一
那殷红的血
抽空了时间和灵魂

4

冬天
埋藏的事物
有的春天也叫不醒了

会泽大地缝

云南会泽有一条大地缝，名闻遐迩。随友人汪
涛兄，前往观览探寻，生出许多感慨……

——题记

1

尴尬的时候
想找一条地缝钻进去
隐藏内心的秘密

好奇的时候
需要一条地缝
可以窥视大地的私密

欢快的时候
需要一条地缝
躲避众目睽睽的妒忌

2

云南的乌蒙山里

有一条大地缝
是企图揭开山河的秘密
还是要引诱溪水误入深渊
先行者驻足落座
淡泊往来
后来人急功近利
前呼后拥

3

一对年轻恋人
手拉手
走向大地缝
也走向明天
走向时间的一条地缝
走向一无所知的未来

乌蒙山顶的牧羊人

1

寒风在大山丫口

呼呼地吼叫

喊醒了隆冬

沟壑　山坡　山梁上匍匐的姿态

刹那间猎猎站起响应

一群群羊儿散落在草地

像是牧羊人挥鞭三响

甩下的星星　云朵

在晨辉里翻滚着

乌蒙山峰一劈开

流淌出怒江　金沙江　澜沧江

2

蓝天清浅岁月荒凉

小草铺天盖地

茫茫天涯

簇拥排列成辽阔的风景

组合汇聚的千军万马
在离天最近的地方喧哗
寥廓的原野宣示了生命的存在

我匍匐于草地
看见欢喜的目光
掀起一道道柔软的波浪
我仰躺在草上
听见窃窃的私语
讲述冬季雪花到来的消息

苍茫天际　山风荡漾
一只鸟儿被风吹起
翅膀在天地间划出优美的弧线

遥祭大凉山英雄

忽闻凉山烈火劫，
三十儿郎青春折。
乌蒙山顶立新碑，
清明时节更悲切。

清明　春风替我叩拜

清明　向远山叩拜
每一块堆积的山石尘土
都烙印着祖先跋涉的痕迹
块石是坚硬的骨头
尘土是柔情的凝聚

清明　向丛林叩拜
每一处树林小草萌发的嫩绿
都洋溢着远去亲人的期盼
站立是男人的姿态
匍匐是母性的呵护

清明　向流水叩拜
每一条奔腾的溪水河流
都沿袭着前人追寻的脚步
春风替我叩拜
那些我抵达不了的地方
那些我深爱
却又无法表达的思念

清明　向天地叩拜

辽阔的苍穹
安放了无限的情思
茫茫的时空
连续着亘古的血缘
于天地来说
从来就不曾分开过
于时空而言
从来就不曾间断过

清明　春风替我叩拜
天地万物
都是我离不开的亲人

故乡的老路

一条新路修成
老路被废弃
像是一条僵硬的死蛇
匍匐在杂草山峦
像是青春已逝的弃妇
哀怨在尘埃岁月
像是人去楼空的老屋
守望落寞夕阳

一个跛脚的老人
踏碎时光
在捡拾残留的零散脚印
小憩在行道树下
昏昏沉沉地青春碎梦
浮现在褶皱波纹里

一条新路
跨江过河　穿山越壑
簇拥权贵　助纣野心
车水马龙的喧嚣
与他无关

他像老路边上的一棵树
固执己见　不可改变
生怕挪动就会死亡

一条老路
依恋缠绵　顺山绕水
不嫌贫爱富　亲切温暖
可以在任何风景最美处驻足
听到乡音呼唤童年的名字
刻录着方圆百里众乡亲的故事
复述着他们短短一生的悲喜局促
如今空寂的老路
流淌出绵绵的乡愁

一粒种子

一粒种子
漫不经意间
丢进了我青春的田园
自此　从不相问
是贮藏　还是萌发

春夏秋冬
一季赶着一季
无端错失了一年又一年

老了
她指着一片树林
问我
哪一棵树是我给你的种子

遥望远山

遥望远山
把巴掌伸开
用一种力量
把那座山握在手里
听到捏碎山崖的声音
咔嚓咔嚓咔咔咔嚓嚓嚓

仰望太阳
张开嘴巴
用一种信念
激情澎湃热血奔涌
吞咽太阳的光和烈焰
幻化成自己五彩斑斓的人生

面对天地
睁亮眼睛
把一切尽收眼底
有些事有些人过目不忘
有些人有些事视而不见
需要一双明净的眼睛
不让我误入歧途

一颗水果糖

一颗水果糖
是绽放在小孩子脸上的灿烂
甜过了四季春夏秋冬
一顿大米饭
是全家人春节里满心的欢喜
细嚼芳香了几十年
一件新衣服
是祖父沧桑褶皱的菊花盛开
温暖了一辈子的春天
家人的平安无灾
是父母祭祀在神龛上的祝愿
一封家书
是沙漠里汩汩流淌的清泉
那时的幸福
如阳光一般纯
泉水一样甘甜

那一颗糖
用一块素净的纸包裹
贮藏在往事与记忆的罅隙
衔接了春秋的等候

迟交的作业

1

当初

您的苦口婆心

我们是那么不以为然

总在您焦虑的目光中

耗费时日

后来

我们行走看不清方向

内心忐忑惶恐

就想问您

老师我怎么办

如今

在呕心沥血地教育孩子

才懂您的无私奉献

是那么宝贵

2

这是一份迟交的试卷

想送您审阅
想看到您的眉批
想聆听您的点评
可我满世界寻找打听
您已不知所向
可我们的记忆里
您从不会耽误一堂课
迟到一分钟
想拨通您的电话
想打听您的地址
可您已经不在服务区

这是一份迟交的作业
像是捧着您四十年前的心愿
像是收割您四十年前的耕耘
像是您的生命幻化成的文字
鲜活地闪耀在历史的星空
每一个时代的歌声里
都流动您高亢激昂的旋律

乌蒙山的石头

乌蒙山的陡峭凶险
从不能直立行走
不是仰望问天
便是低头叩拜
身躯总随山形旋转

慢慢明白祖先的倔强
就如一块巨石
纵使碎裂成沟壑
也不会成为泥土
即使长出的洋芋玉米
也像一颗颗大大小小的石头

新 房

远房堂侄要在老家起一间新房
在矛盾复杂的变化中给了适当赞助
我不知道这该归结为古老的梦想
还是废墟上的重生新向往的萌芽
不想对过去彻底否定
也不愿先辈的愿望停滞不前

几百年的老屋弥漫着祖先的气息
一个老供桌威仪还在
虔诚的祭祀移到了坟地移到了千里之外
移到了四面八方的儿孙心里
老屋里模糊的身影依稀可见
祖父爽朗的笑声在古老的火塘石边回荡
祖母勤劳的双手在一对石磨间闭合
我跌倒过的石坎上殷红的血迹
成了残破的屋檐下阳光投射的亮点

我不知道一间新起的房屋
是否可以盛下
内心深处那刻骨铭心的守护

是否可以承载

祖先们对子孙后代的更多期待

六一的微笑

童年已经远去了
离开的时候没有一声道别
便消失得无影无踪
像是从来未曾遇见
可我确定它来过
在我身上的印记
童心　纯真　善良　快乐
已长在我的身体里

但是
风把纯真磨砺成麦芒
雨水一遍遍冲刷
心已是江河里鹅卵石
坎坷一次次跌伤了善良
纯真掺杂了污浊
快乐压弯了腰
一季季风雨一年年寒霜
人生承载不了童年的梦想
亏欠了的账啊
一天天累积一页页增厚
童年托付给我的

正退还岁月

六一脸上的微笑
像每一天每一年的日出
源源不断的光与热
带给万物希望
治愈内心的荒凉悲伤
颓废像废墟上
不断毁灭与重建的过程
像海滩上
前浪激情消失后浪填充
循环往复
生生不息

童年的那只狗

童年是汩汩涌流的清泉
我在遥远戈壁
依然掬起
那份纯美甘甜

荒芜的心底
长出绿意
长出翅膀
飞向一望无际的苍穹

门前的那只狗
守住我童年的梦乡
摇尾亲舔的欢喜
远胜一杯红酒的醇香醉人

童年的那只狗
奔跑在弯弯曲曲的乡村小路上
从来不曾迷路

搬　家

从老房子搬进新房子
心中　有了许多渴望
向往在走近　憧憬在实现
似乎从前的每一步行走
都是为了抵达今天的高地
似乎从前的每一次仰望
都是为了寻找今天的曙光

同时也有恋恋不舍的情愫
曾经的老房子
收藏的故事
成为在新房子里念念不忘的话题
也是新酒杯里　弥久恒馨的珍贵

老屋下　那群筑巢的燕子
一直飞绕在我昔日的天空
呢喃的语言
是祖母翻译出来的喜悦
如今祖母不见了
燕子也不见了
她们像完成了一桩心事

放心地各自飞走

住进新房的我们
也住进了她们的祝福里

乡音远胜于天籁

1. 老屋

老屋已被岁月冷落
炊烟却一直飘在童年的天空
双手搂抱的温暖
已被冬天覆盖得严严实实

两行热泪滚落
一滴淹没了往事
一滴承载了远方

2. 乡间小路

小路像一根琴弦
一头系着期盼
一头延伸希望
琴声悠远一直听到回响

那个牵挂琴弦的人
顺着琴音返回

熟悉的乡音
胜过千里万里之外
的天籁

3. 归来

踏遍千山万水归来
还是家乡小溪清甜
每一块石头都能叫出我的名字
每一棵古树都摇动着亲切
就是儿时摔倒的地方
已经长成记忆中的花朵
如今结成了坚强的果
随时攥在手里
捏一捏
便流出甜甜的汁

第二辑
版纳贴

版纳贴

1

千山万水　铓锣声哐哐地传来
一阵紧似一阵　像是母亲的呼唤
我的脚步无论走向哪里　都是踩着这个鼓点
静静的夜里　心跳的频率也是这样的节奏
欢喜着铓的欢喜　歌唱着锣的歌唱

2

瞬间　我的胃里翻腾起更迫切的思念
烧烤　糯米酒　竹筒饭　裹着浓浓的味道
抓一把在手里　竟然是黏糊糊的亲情
晕乎乎的酣畅淋漓
幸福的欢呼　多哥　水　水　水水水　水

3

在澜沧江边　微风徐徐　碧波逐流
那热浪当中的清流　沁人肺腑　气息相融

水流到哪里　哪里便是家乡　是心的方向
澜沧江可否就是滇池深处埋藏的根
还是滇池就是澜沧江爬上山顶的笑脸

4

外面的阳光严肃而吝啬　风凛冽刻薄
相比之下　西双版纳的阳光灿烂富足
每一棵树举起硕大的叶子收藏
每一个人都会撑起花伞迎接
光芒万丈的阳光　总把我们拢入怀里
把寒冷挡在身外　享受与众不同的温暖

5

吸收了太阳更多的热量　人变得更加热情
在西双版纳的村村寨寨　随遇的人
总是一脸阳光的笑　一样的轻言慢语
任意踏上竹楼　进入客厅　主人双手合十
递上米酒　采来水果　而不问客来何处
那份从容　那份从阳光里生出的无私大方
让人恍惚置身于一种神游的境界
你抵达了的不是人间　而是仁慈圣域

6

如今　我的肉体化作另一种姿态
却总褪去不了西双版纳的痕迹
热爱阳光　浮腾在热浪滚滚的生活
追寻和善　洋溢在佛祖嘴角的微笑
流淌在澜沧江两岸的芳香和春天
还有我倒映在水里的影子
重叠在一棵芭蕉树上　欢快地舞动
见谁都挥手致意

伤　痛

四十年前的伤疤
竟然是今天的光荣见证
皮肉苦痛已忽略不计
时光这个老中医
悄悄地治愈各种伤痛
看不见的伤口
一直需要时间把脉
却又说不出病因
那种查不出伤口的痛
始终没有出口
一直流血
月光舔着茫然的眼神
这缄默的夜
像是肢解渴望
溃烂的精神
看不见灵魂正在一点点脱壳而去

清　明

1

清明临近
那些远去的背影
偶然闯入梦中
有时三言两语
有时一言不发
画面清晰而又模糊

那个把我放在心上的人
彻底地放弃了我
让我在这茫茫人海
孤舟漂泊
思念如夜
无岸可靠

2

一个节日
替沉睡的人

叫回儿孙

一片杂草

替儿孙守护

孤独的灵魂

杂草被一次次清除

风一阵阵地诉说怀念

3

一个节日

唤醒良心

去寻找埋在地下的种子

生命的胎记

离开了一个地方　感觉又没有离开
像带走了什么　更像留下了什么
无法把时光斩断　分清昨天　今天
无法分开一棵菩提树生长的过程
根须深扎于西双版纳的沃土
枝干树叶摇曳在辽阔的远方
一片树叶又怎么改得了姓变得了名
所以从没能离开　从未曾离开

澜沧江流淌了千里万里　千年万年
一直都是水连着水　情牵着情
从来不曾枯竭　从来不会断流
故乡与远方　原本是一条河流
一条江的生命体态的丰瘦变化
一滴水珠又怎么变得了味改得了心
因此时光切割不断　距离阻隔不开

西双版纳热烈奔放的阳光　温暖润泽
一层又一层的涂抹　一天又一天的复叠
浸透灵肉　皮肤古铜色　灵魂阳光
又怎么剥离得了色彩　剔除得了热情

捏住的一缕阳光　缠绵于远行的霞光
走不出阳光的影子　走不出夜幕的星星

离开了一群人　离开了一个人
孤独　让你把一群人想得更切
思念　让你把那个人贴得更近
我是云南的　我是西双版纳的
已包容其间　融化入里
于是　生命有胎记
这样独有的符号　一个名字
在茫茫尘世间　不会失踪

今日重阳　抱抱妈妈

高龄的妈妈　斜靠在椅子上
昏昏欲睡　寂静的房间
她仿佛听见远远的脚步声
往往轻轻询问　谁来啦
声音穿透岁月
烙印在童年的记忆里

妈妈的母亲去世多年
妈妈已习惯了做母亲
总将一个个儿女搂抱在怀里
孩儿啼哭的声音
妈妈在哪里都能听见
常见她汗淋淋地跑来
呵护孩子说　妈妈在呢

如今　妈妈老了
斜靠在椅子上　昏昏欲睡
母亲已没有妈妈抱她
她只会微微地笑着
像是梦见了妈妈

母亲抱大的六个孩子
没有一个抱过妈妈
今日重阳　抱抱妈妈

致猎手

大地迷茫　浓雾弥漫　杂草丛生
山险水恶　沟壑纵横　瘴气肆虐
你选择了一个好的时机和角度
搭上箭　向一堆腐臭糜烂的灵魂射击
而你匍匐的支点　在摇晃下坠
大地仿佛在震动　或是火山欲喷发

鸟叫虫鸣　狼嚎蝎毒　蛇的信子丝丝闪动
众多不安忧虑的眼神　仰起怀疑期望的头颅
蓄谋报复的心机　仇恨欲置猎手于死地
嗖的一声　猎物应声倒地
一张大网铺天盖地　邪恶伏法
猎手从潜伏的暗处大步走出
万物恢复次序

母亲的眼眶是我的凯旋门

一直在寻找
五十多年的心路跋涉
那风景
依然在模糊的远方
是黄沙漫漫的戈壁么
是浩瀚茫茫的大海么
是泰山顶上的日出么
是都市繁华的喧嚣么
是田间地角的宁静么

当疲惫的旅途
停靠在岸
有一块石头
凝固成幸福的等候
通向家门的小路
是一条吸收营养的根系
蕴藏了祖先的智慧与渴望

母亲的眼眶
犹如凯旋门
一直在守望我的归来

那里注目着欢欣
也安抚我的忧伤

回乡的打工女孩

一条山涧的小溪

清澈　透明　甜润

拒绝污浊的流入

也不投入江河的怀抱

才探出了头

便又隐身而去

埋藏在纯洁世界

那个在溪边的女孩

捧起山泉水一饮而尽

倒影中的微笑

在碧池泛起涟漪

把一片片枯叶推向岸边

春风掀开边疆的新篇

2019 年 4 月 16 日
春风又一次翻动季节的日历
翻开了边疆的新篇
千里之外，幸福欢喜在朋友圈漫延
西双版纳橄榄坝澜沧江大桥开通了
两岸的居民奔走相告
一江六国流淌着欢歌笑语
边陲成了祖国面向东南亚的大客厅
跃然登上了中华民族新时代的大舞台

老人的眉宇褶皱堆满欢喜
几十年的坎坷不平被桥拉直
年轻的酒窝盈润甜美的微笑
孩子的眼神流露好奇
文字间飘逸着自豪
微信圈的画面幸福荡漾回响
南岸的哈尼同胞跳起了"冬巴叉"
北岸傣家人呼喊着"多哥——水"

也见一中年人
把一瓶酒洒入澜沧江奠拜亡灵

口里念念有词
叨念一江两岸难以逾越的鸿沟
曾阻断了多少梦想，带来多少悲苦
他只截取一段时光，像是捧起一掬水
便已嗅出历史的万般滋味
那个屯垦戍边的战友献身激流
那群生龙活虎的农垦人化作了浪花
那个风华正茂的女同学如凤凰花凋零于江
那个正值壮年的同事如粼粼的波光散落水中
一艘停泊在码头的旧船锁定了时光
比江湖还深的病痛
在记忆的深海漫游
比江河还长的等候
在岁月的企盼中煎熬

苦难与幸福仅隔一条河
横亘的距离堆积了多少无奈的叹息
贫穷与富裕仅差一座桥
现实的沟壑折翼了千百年欲飞的翅膀
过去与未来在举步之间
却让梦想的步伐徘徊在偏僻土壤

春风又一次翻动季节的日历
一幅幅鲜活流动的色彩
布满山峦、田野、河谷、城乡

远山叠翠，绿意盎然
江水静流，碧波熠熠
东方多瑙河从千年沉睡中醒来
两岸的凤凰花在春风中燃烧热烈
每一朵浪花都在江河中奔腾欢喜
每一片绿叶都在春天里生长希望

昆曼大通道如母亲的臂膀
将远方的儿女揽入怀中
一带一路的高铁如父亲的目光
眺望远方，迎来送往
引导儿女奔向世界各地
又迎来自五湖四海的客人
西双版纳热带雨林铺贴出山河锦绣
澜沧江湄公河演奏起新时代的乐章
浩浩汤汤，一往无前……

变　化

距离家乡越来越近
缩短的不是路程　不是时光
是时代的脚步
是科技的翅膀
路不再绕山绕水
车子不再是爬行的姿态
我已不再是步行丈量
母亲的思念

清　楚

已经把过去捋得很清
纵使孩儿时父亲的某个承诺
一直没有兑现
邻居的三猫儿拿去了弹弓
失约没有一起掏鸟蛋

未来也似乎想得明白
苦钱买一间房子一辆车子
娶一个漂亮贤惠的媳妇儿
然后生几个孩子
买一些喜欢读的书练习书法

现实却又一直稀里糊涂
在十字路口纠结
前面红灯已亮扭头一看
左边绿灯放行顺势走了
后来才发现
要么徘徊要么走错了方向

那些不需要搞清楚的雨滴流水
落叶和熟透了的果子

那些永远搞不明白的浮云风向
子弹和空中受伤的鸟
有些事情原本就不需要去搞清楚
因为它改变不了方向
行走了很远才知道去的地方

妈妈播撒在人间的种子

冬季的寒风
掠夺一秋的翠绿
加厚了妈妈头顶的霜雪
84 岁的母亲　身体有些虚弱
她把我和小弟拉进房间关上门
"这一辈子，妈妈很苦；
晚年，我很幸福；
你们姊妹都有孝心，对我很好，
我舍不得。可我已是熟透的果子！"

她小心翼翼地打开抽屉
打开一件旧衣内层层叠叠的手帕
拿出工资卡　为数不多的纸币、硬币
母亲珍藏的像是破碎的时光里
闪烁的星辰
像是寒冬季节里温暖的火种
像是勤劳的蜜蜂酿造的甜美
她只是酝酿　珍藏
"这点钱，给孙儿重孙们都分点，不多。
留作念想。"
妈妈对生死的从容　对爱的彻底

是更深刻的教诲　在她善良铺筑的路上
每一步都有清晰的烙印

我们语塞　说不出话
把妈妈打开的秘密　又重新原样折叠好
还给妈妈
怕这样的交代　真成诀别
告诉她悄悄留着　当作种子
小孙子长大娶媳妇了给他
小重孙读书了再给他们
我们的婉拒　间接拉长了母亲的渴望

妈妈的希望　又点燃了
她微笑着
她的爱放不下
儿女子孙子子孙孙
脸上的皱纹里堆满霞光
她的爱延续着……
像是种子
播撒在人世间

干 旱

干旱万物仰望苍天
渴望甘霖拯救

地上升腾起酷热
炙热焚化着青春
烈日如火　依然点燃不了
蜷缩枯萎的小草

一棵河谷的木棉树
用生命挤出几朵血花
鲜艳壮烈

有些被垂爱的植物
沐浴一场又一场的欢喜
它们不知道
持续的干旱已让同类
陷入惶恐　面临灭绝
愤怒的火焰
正在围剿生命

烈日下撑起一把巨伞

遮挡荫凉

夜里牵引来一条河流
流淌在干涸的原野

第三辑

弦歌岁月

滇池的春暖

春风翻开了季节的日历

又一页鲜艳流动的色彩

布满山峦、田野、河谷和乡村

树在群山间集体群舞

水在沟谷哗啦啦轻唱

松鼠捧着松果津津有味地品尝

鸟儿追逐鸟儿在林间嬉戏

草地上孩童花枝招展

轻轻地靠近蝴蝶

悄悄地说着欢喜

天地间万物仁慈　秩序井然

阳光明媚　花香阵阵

滇池轻摇时光

满满的欢喜荡漾岸边柳摆

抓一把温暖放在心上

融化半世纪风霜

一支烟的死亡

1

一支烟的死亡
让人生的委屈缓过气来
一支烟的灰烬
平缓过多少多事的春秋
一支烟的火星
点燃过多少男儿的热血
也有人
在灰烬未燃尽之前冷却

2

一直徘徊在家乡的梦里
始终走不出母亲眼眶的门槛

3

在熟悉的路上
总踩不出自己的脚印

一路的行走
荒废了有来无回的时光

4

清洗肮脏
却又污浊了清水

致褚时健

听说你走了
点燃的一支烟停靠在嘴边
袅袅的烟圈
升腾起悠悠的思念
男人永远熄灭不了的那点微光
点亮了孤独的暗夜

听说你走了
窗外的乌蒙山寂静无语
不屈垒筑的高度
让风嫉妒
蒙蒙的云雾
轻轻地覆盖住深深的伤口

听说你走了
春风柔柔地来为你送行
燃烧的灰烬
生长出金黄的橙子
芳香在哀牢山
流淌在春风里

听说你走了
点燃的烟一支接一支
在男人的手里传递
暗夜里
如散落的星光
燃烧着茫茫的黑色
灰烬里
生长着红红的心

你不仅有山峰的雄奇伟岸
还有内心千曲百转的江河

春　游

又见春风落枝头，
姹紫嫣红暗香流。
偶遇蜜蜂歇白发，
吮吸汗渍释忧愁。

昆明黑龙潭

1. 黑龙潭

方寸之地
养育着两潭水
一潭清澈，一潭混浊
清澈的一潭盛装白天
混浊的一潭收藏黑夜
人世因此分明

方寸之间
站立两棵柏树
一棵左扭，一棵右扭
千年不能讲和
各自坚持住自己的立场
此时　我站在它们中间
成了唯一的联系者

2. 薛尔望①之墓

薛尔望纵身一跳
圣洁的灵魂
净化了一潭水
幻化为一条条鱼
守护住忠义的眼睛
永恒清澈

---

① 薛尔望，字大观，明末昆明府庠生，生年不详。明末清
初一昆明书生，南明忠义之士。公元 1661 年，因痛惜南明大势
已去，携全家投黑龙潭殉节，后合葬于黑龙潭畔。

春风衔含千年诗魂

今天
一人独坐书房
读一本书
我打开所有的窗
迎春风进来
希望悉心排列的文字
变成种子
希望列举出的一个个人物
从梦中醒来
希望内心深处那口古井
涌出清泉
希望春风里飘荡的墨香
唤醒千年之后的诗魂

春风还来我就不老

春风浩浩荡荡
像是一条腾飞的江河
流淌在天地
像是漫涌的海浪
澎湃在宇宙

春风浩浩荡荡
在洗刷和打扫尘世
并顺便叫醒装睡的事物
山谷那块养尊处优的石头
压住了
水流歌唱的声音
却压不住
一丛小草对春天的欢呼

我以十八岁的少年情怀
踏春而行
驻足在山峰之间
吮吸不老的朝阳晨露
春风还来
我就不老

怀抱明月

曾经常同行的人
有的在挥杆潇洒
有的在垂钓闲聊
有的在安静品茗
有的在纵情游览
而我依然在孤独行走攀爬
行走在不见古人的废墟
攀爬在没有阶梯的虚空
我依然相信
那孤独的夜晚会怀抱明月
那荒野的白骨会堆成山脊
那恐惧的虚空会喷薄霞光

老人与狗

街道上
一条狗
牵着一个老人
形影不离
老人大声地招呼
儿子　汪汪汪
除那条狗以外
没有其他事物应答

狗和老人
便是一个独立完整的世界
此时此刻
我见狗的目光
轻轻抚摸着老人的孤独
搀扶那即将没入黑夜的身影

躺在云间

躺在云间
希望风把我带走
风说　要去哪里
我说　不知道
风说　就地埋了
于是
一阵阵雪花纷纷扬扬
真的把我埋了
那颗不死的心
一直奔跑着跳动着
不死的心里
有一颗明天的太阳

冬　思

1

滇池畔　海鸥翔集
人们不由自主张开手臂
小孩的动作是欢呼　是拥抱
也是飞翔
大人的手臂僵硬
伸出来的动作像是投降　求饶
无事背着的手
都那么沉重
像是捆绑起来的囚徒
在宽广的大坝上心事重重

2

心里长满了草
它们想漫出身体
每长一寸　刺痛增加一分
根须深植　吮吸血液
挖空精疲力竭的灵魂

草绵延成了草原
渴望一片天空
春天的下面
埋藏了一堆堆白骨

站在深秋的时光里

每一朵花瓣都是樱桃唇

她总是用微笑的方式

诱惑青春的冲动

忘乎所以　倾泻激情

一颗饱满的种子碾碎成末

青春的梦想

就这样不留痕迹　灰飞烟灭

每一滴雨水都是温柔的语音

她总是用滴答的旋律

稳住蓬勃的张力

温情万千　软磨硬泡

拔节的时光被轻轻按住

像一株稻穗

自豪昂起的头颅慢慢低垂

站在深秋的时光里

落叶纷纷

替我

缅怀一片片支裂破碎的光阴

妥乐古银杏

妥乐村的古银杏
据说已千年高寿
有谁可以作证呢
那唰唰散落的金色
是要经千年的风霜么
那村前的潺潺小溪
曾洗涤过千年的梦想

奇妙　活得这么古老
是因为白果可以入药
获得青睐呵护
是因为材质无甚大用
故而未伐善终

梧桐树叶飘落了

梧桐叶在飘落
是一封反复投寄的信函吗

从前　不会关心树叶飘落
不关心冷风从北方传来的消息
不关心一个老人的咳嗽声
与薄如刀刃的雪片会有什么关系
也不会怜悯寒风吹走了的老人
雪地上落下红红点点的鞭炮碎片
会顺便带走了欢喜童年

如今　梧桐树叶落了
那转身离去的不仅是葱茏青春
仿佛永不折返的流水
越来越近的尾声
替我叩响了悄无声息的
悔意

时光盛宴

一桌奢华的时光盛宴

被几杯酒糟蹋了

一杯懵懂饮下

一杯情不自禁

一杯身不由己

后来酩酊大醉

醒来

已经夕阳西下

几声呕吐

几声叹息

又再次举起酒杯

连同晚年忧伤一饮而尽

秋思短句

不期而至的寒冷
让温暖变得珍贵

挡不住万物凋零
固守我一页淡泊

学不会秋叶旋舞
就让心磐石落座

望不穿雾漫天穹
看得懂书海真谛

翻阅了五千春秋
无惧这三分寒意

抓一缕秋风入怀
珍藏住一年芳香

秋　日

秋日的阳光有些懒散

江水的微波有些懈怠

岸上的石头似在沉睡

一只鸟儿飞来

想叫醒石头

叫停我行走的脚步

秋风挟裹着心

在季节间颠沛流离

一湾江水

漫起的迷雾

为凋零的落叶隐藏了忧伤

秋风任其吹

好让我的短笛声音传得更远

黄叶任意落

好让我的脚步踩出优美曲线

那么多的落叶

争先恐后地扑向地面

像赶赴一场盛宴

伏　笔

一条溪流
是一条江河的伏笔
蜿蜒曲折的追求
诉说对大海的渴望
一抔尘土
是一座高山的伏笔
忍辱负重的承载
满怀对崇高的敬仰
一棵小草
是春天到来的信息
卑微渺小的顽强
铺垫出一片锦绣山川

光　阴

我睡得很晚
想要留住时光
怕过早地熟睡
黑夜又悄悄在她的额头雕刻
一道道深深浅浅的褶皱
我起得很早
想要抓住太阳
在升腾的瞬间
七彩的手在她的头上随意涂抹
一丝丝花白净白的色彩

怕在岁月中蹉跎
在追逐中跌跌撞撞
脚疼手痛　全身疼痛
伤痕累累
当初不放过光阴
而今光阴已不放过我
夜深人静
常常惊醒
时光抬着我奔跑的声音

秋思短语

1

树站得高　看得便远

秋从四面八方涌来

要改朝换代

树赤裸裸地站着　目瞪口呆

有人席地而坐

看蝼蚁借叶作毯

翻飞序曲

演奏出一幕自在活法

2

落叶为笺

向往事道声告别

向春天发出邀请

心事散落

大地收藏了一页页诉说

3

秋是时间的浪涛
每一次澎湃
都会填充未来的虚空
过去又变得更加绝望
秋是燃烧的火苗
每一次烈焰
都燎黄了山川田野

4

天地之大
思乡心绪盛不下
月圆满满
难填充千山万壑

闲钓清风

垂钓
一整天
把身心交给时光
微风徐徐　闭目荡漾
如一枝垂柳　闲钓清风

揉捏的鱼饵
轻轻抛入河流
允许岸边的柳枝不闻不问
允许河中的石头沉默不语
允许一桩桩往事寂静如潭
也允许一条鱼在其间东游西窜
永远不被诱惑上岸

垂钓
不是居心叵测的等候
而是沉浸自然的修炼
把一条误入歧途的鱼儿放生
溅起的水花
是对生命和自由的礼赞

水面
泛起的涟漪
不是生命的挣扎打颤
而是
荷花的姿态
在蜻蜓的嬉戏间舒展

如一枝垂柳　闲钓清风
如亭亭荷莲　情归碧池

一张纸是我的宇宙

烈日当空　酷暑难当
有知了在高声喧哗
北风裹雪　寒冷刺骨
见梅花在傲雪迎春
文字在书里　不惊不乍
从容地诉说千年故事

一张纸已是我的宇宙
一支笔已成我的自由
文字是太阳
留白是月亮
尽管肉体和灵魂在搏击
一个需要安静
一个需要远行
老天都管不了的事
折磨着人

空空的滇池

独坐滇池堤岸
风急浪涌
池水还在　鱼儿还在
西山还在　天空也还在
仍然填充不满
内心的虚空　满眼的迷茫

原来是海鸥不在了
那一只海鸥飞满了天空
那一只海鸥飞空了天地
留下空空的滇池

城市空间

1. 窗户

高楼　窗户像渴望的眼睛
地上的事物变得渺小
有时有了踩踏他物的快感

天空的云彩虚空
似乎已经簇拥着你
又总是在需要的时候
触摸不到
这非真实的高处
往往惊心动魄

像梦中的拥抱
—用力
便是空空的瞬间欢喜
却留下漫漫长夜
总不天明

2. 空间

街上的车多，空位也多
同一路途的人
同一方向的人
却又不能乘坐在一辆车上
城里的房多　空房也多
同一屋檐下的人
同需要安居的人
一道门隔离成不同的环境
他们之间
有相互走不近的空间
是谁　控制了命门
让相同的人有了不一样的命运

3. 电梯

高楼里　电梯一直在上上下下
总是身不由己
电梯里的人
也一直在上上下下
同样身不由己
是谁　控制了命门
让不一样的事物具有相同的命运

4. 红绿灯

一样的灯　不一样的颜色
表达出不同的主张
遵循一种规则
自由之路便更宽广长远
那个闯红灯的人
自由到此戛然止步
一潭殷红的血比红灯更刺眼
急红了眼的善意
制止不了一意孤行

5. 小区

城市的道路纵横交错
切割出一脾脾蜂蜜似的板块
有的盈满了蜜
有的是干瘪的蜂脾
勤劳的蜜蜂四处采集
依然喂不饱
那些空洞的蜂脾

诗话城市

1

城市的红灯
盯住在十字路口
徘徊的人
四通八达的道路
竟然让心迷失了方向
汽车的鸣叫惊醒了的人
像是非洲草原上
一只误入狮子领地的麋鹿
惊慌失措

2

城市的草坪翠绿华美
众目睽睽
宠爱这一片片圣地
乡下的庄稼
长错了地方
那么努力地生长，奉献

也不及城市的草
这样受人喜爱呵护

3

城市灯火璀璨夺目
一些人的幸福在狂欢宣泄
流浪者的眼光被灼伤
疼痛势不可挡
从白天沿袭到黑夜
血迹舔干了
露出白生生的骨头
那苍白的灯光
也是暗夜的骨头

4

城市拥挤的马路上
填饱了贪婪、欲望
奢华堂而皇之地占据时空
速度甩下落后
摩托车用生命搏击
自行车追随潮流
步行的人信守规则
看到一个残疾人在乞讨

隐身夜幕

内心渐入佳境

5

城市的餐厅定位精准

味儿是看不见的鱼饵

门口没有写上拒绝的标签

现实的人绕开了

有人选择性地进入

从不走错

即使饥饿

也与那奢华的盛宴无关

6

天堂的五彩灯光

照耀着层次不一的风景

平坦宽广的马路

奔涌着不一样的速度

拉开了越来越远的距离

有的低矮如水

有的堆积成山

7

我在山水之间游弋
心里捧着一滴露珠
有时是一棵玉米
有时是一株草
准确地说
是乡下庄稼地里的草
是城市草坪多余的苗

闻一多的路

我寻找过到过
闻一多殉难的地方
那一声枪响
催开了一朵自由之花
那一次演讲
思想的光芒照亮迷茫
那一支红烛
燃烧了一个黑暗的夜
百年之后
我们依然举着那红烛
继续寻找
寻找自由的种子
生长出来的那条路

夜是天堂

人生一直向往天堂
在追求天堂
和行走在去天堂的路上
是梦的神启
让我明白
夜　竟然就是天堂

不是吗？安静的夜晚
像是一块石头落地
托付自己
不再为恐惧的高悬所累
像是一条江河入海
归依魂魄
不再为无休止的奔波所苦
像是一缕风抛开云
抱着花蕾
不再钻头觅缝的求存变身

夜晚闭上眼睛
那么美妙神奇不愿看见地
隐身了

夜晚沉默下来
喧嚣的杂音终于尘埃落定
平静了
此时此刻你才属于自己
纵使噩梦也会醒来

品　茗

心中有海无波浪
游弋云端看河山
千年往事随风去
不值当下茶一盏

小诗三首

1

我向喜爱的事物走近向幸福走近
可脚下的路啊却曲曲折折坎坎坷坷
故意隐藏了我的所爱
并尽力把我与幸福的距离拉远

跋涉中夜幕降临
星光暗淡
让一种期盼更刻骨铭心
让一种思念更遥远迫切

2

一本尘封的笔记
收藏我昔日的天真暗恋的心跳
少年的花园里
种下的玫瑰没有发芽
长满了杂乱无章的野草
花园边的一棵凤凰花树

已占满了整个天空

3

一首首诗
是我凋落尘世的花瓣
闻着花香可以找到春天
寻着艳丽可以找到朝阳
顺着提示可以爬到山顶
无畏激流可以奔向大海
无愧人生奋斗啊可以告慰灵魂
一首首诗
是我埋藏在尘土的种子
时光会孕育他的萌发
暴风雨会锤炼他成长
季节会催开他的蓓蕾
未来会还给他一份果实
默默无闻的耕耘啊可以寄托秋天

登　山

一次登山
有人渐行渐远
并且一再劝诫
路途艰险　劳精费神

在别人的讥笑声中傻傻坚持
爬到山顶的那一刻
看到了低矮处见不到的风景
当试图告诉山下的人们
弥漫的浓雾又升腾起来
最远的距离
竟然是用脚走不到的地方

清　醒

我的眼里装满了无数座山
却搁不下一粒尘沙

我的心里装满了整个天空
却隐藏不住一丝爱意

我的梦里飞翔过千年时光
却留不住瞬间的温暖

现实的人啊
在一步步丈量生命的长度
竭尽全力地消耗
无头无尾的时光
不知所措地
徘徊在虚拟的空间
直至一场暴雨让万物清醒

有些嚼不出幸福的味道了

有些嚼不出幸福的味道了
先是嗅觉不太灵敏
味蕾有点麻木
心时而太满　时而又太空

飞机高铁并没有把时间省下来
电话视频并没有让友谊多起来
营养过剩后血压血糖血脂升高了
没有一幢房子可以盛下满足
没有一座高山可以达到希望
没有一辆轿车可以追上心愿
甚至没有一条路可以抵达幸福

人脑与互联网接轨
人进入了程序
思想有些混乱
像一场漫过一场的雾
不停地迷茫又不停追逐
在河谷里生成
又顺山峰升腾
撑着一阵阵似有似无的风

不驻足时空　不安于峰顶
白云苍狗　角色转换
无形可寻无色可辨无味可品
幸福变得模糊　缺失定义
今天在耻笑昨天的幸福
今天的幸福让昨天瞠目结舌

有些嚼不出幸福的味道了
秋天的风里
哪一片树叶没有葱绿过
哪一个果子
没有藏着一朵春天的花事

第四辑

另一只眼睛

海子是替我死去的人

海子　是替我死去的人
火车　是替海子奔赴远方的人
我是替海子活在世上的人
总数不清的天上星星
总绕不过的沟沟坎坎
捧着你的诗　虚度人世

现实与理想
两条平行永不交叉的轨迹
未来与远方
被你用诗歌连接在一起
看得见的海市蜃楼
过不了的脚下沟坎
增加了更剧烈的冲动与绝望
于是
你勇敢躺下　义无反顾
用青春的激情
用鲜活的血肉
构筑人间到天堂的路
让一列呼啸而过的火车
替你奔向远方

从此　远方不在虚无
那里有成百上千的海子
在诗歌的春天里朗诵
面朝大海　春暖花开

放不下的执念

除了自己
没有谁可以证明你还活着
这世界之大
渺小不需要躲藏便已不能寻见
这事物之多
存在与不存在都已被彼此忽略
这时间虚空
你根本不会留下曾来过的痕迹
其实，在万物眼里
你就不曾拥有过
又为什么执念　放不下
又执念什么　放不下

存在于油菜花之间

油菜花以集体主义的精神

宣示对春天的所有

任何渺小卑微

只要应季

也会绽放

也会金光灿灿

我用这首诗

宣示范文武的存在

存在于油菜花间

花朵是人间短暂的欢喜

路是人世间最悲苦的诗行
永远没有结尾
水是人世间流淌不尽的泪
谁处都能见到
花朵　只是花朵
是人间短暂的欢喜
在一阵风中显现
又在一夜黯然失色化为梦境

沿着坎坎坷坷的梦想
跋涉在曲曲折折的方向
有时跌入绝望的沟壑
有时辗转挣扎在凶险的高处

任何一条路上
都有不死的心在行走跳动
任何一条河流
都有哀怨悲凄的声音哭诉
那承载不了溺亡冤魂的忏悔
变成苔藓的模样
寂寥残留成时光的碎片

很多事物从没有遇到过春天

也不会有一次短暂的绽放和欢喜

可它们依然在寒冬翩翩起舞

像雪花

潇潇洒洒地奔波在短暂的旅途

像尘埃

安安静静地匍匐于深情的土地

一颗在人世滚来滚去的油菜籽

任何个体的事物
都是孤单的渺小的
极易受蔑视遭遇毁灭
油菜籽的小
承载过粉身碎骨的苦难

罗平油菜花以集体主义的精神
聚焦太阳之神韵
独披黄袍
组合　聚结　排列　绵连　鲜艳
围剿山头　迷惑云彩
让狂妄不可一世　惊叹
让弱小失望　得到拯救
铺设的仪式　获得尊严神圣

闲人的溢美溢恶如风轻
画家的墨迹工笔如云淡
星星点点的油菜花
燃烧出人世间壮丽无边的辽阔
缔造出金光灿灿的王国

我是一颗在茫茫人海
滚来滚去的油菜籽
寻找我的那片油菜花

一种无法在天地间收藏的渺小
又如何可以找到自己的春天

建水文庙

拜谒文庙　东门入口

圣域入兹　德配天地

鎏金大字　耀然入眼

肃穆庄严　蔚为震撼

一棵廊柱雕刻七载

二棵廊柱雕刻十四春秋

不雕则已　一雕成活

不刻则已　一刻千古

屹立的廊柱

风骨流芳

后来者的急功近利

浅薄浮躁

在圣域沦为尘埃

建水朱家花园

是来缅怀隐藏时光的辉煌
是来追逐岁月远去的蹄声
是来寻觅工匠精湛的技艺
是来分享一杯清茶的从容
是来释放内心纠缠的情愫
是来安歇匆匆忙忙的脚步

客人千姿百态　各怀心事
苦难　血腥　掠夺
被风轻描淡写
趣闻　逸事　阴谋
被雨添油加醋
世间万物求生　生于彼此
世间万物存活　活于纸上

进门循规蹈矩的古训
已被众人的脚步踏碎
出门谨言慎行的家风
已随游人的喧哗惊醒
昨天与今天
相距百年

相距百年的不仅仅是时间
脚下的青石板的铮亮镜明
默默无言

没有春天的葡萄花

面对平静　应满心欢喜

整个下午　没有一个电话

外界的信息全无

而我沉浸在一本书的故事里

叹息声打扰了主角

她啜泣的哭声戛然而止

悲剧传染了

千年之外的一个春天

一朵茶花怎么也不醒来

哽咽在花蕾初绽的时刻

合上书本

那段悲苦　血腥　恐惧

一同关闭

心却平静不下来

那书像是一块石头

沉沉地压住了某些事物

让四季残缺

像卡齐莫多的春天

像梵·高红色的葡萄园里

那不起眼的葡萄花

一股清流

你是一股清流
静静地流淌在茫茫大地
不慌不忙　不惊不乍
从容坦然　阳光灿烂

你经过的地方
一片片金黄的稻浪　年丰时稔
你停留的地方
一洼洼碧波荡漾　水光潋滟
你变化的地方
雨林高不压低　错落叠翠
葳蕤蔼蔼　雾鬓云鬟
你幻化的形象
蓝天薄云万里　极目直抵苍穹

尽管中途夭折　没有到达江河
可是流经的遍野　却不曾辜负
拯救渴望　滋润鸟鸣
寂静的山间有了主人

出生于一口枯井

出生于一口枯井
深不可测
过于阴暗潮湿　过于低矮
本能地挣扎攀爬
已见微光
光速丈量出
从失望到希望的距离
更加绝望

伤痕累累　身心疲惫
孤独的影子
已抽身转向黑暗
留下的肉体
在苦苦支撑灵魂的不屈

有人劝说就埋在井里
可没有人证明
我
曾经在别人的眼里活过

没有骨头的风

造物主

抽去了水的骨头

抽去了风的骨头

抽去了雾的骨头

没有骨头

肉身变幻无形

竟然可以上天入地

无孔不入

永远流动在宇宙间

不像石头

坚硬

不像树木

有形

更不像人

一架不软不硬的骨头

行不远

飞不高

活不久

总是流落在尘世

而我依然心甘情愿
做一个有骨头的人

棋　局

棋局上
用过千千万万的兵
斩杀过五关六将
运筹帷幄　决胜千里
冷血果敢的布局
险象环生　招招致命
攻城略地　成竹在胸
常胜将军的旗号
在圈内名震江湖

离开棋盘
唯唯诺诺　谨小慎微
从不曾跨界越河
顿失了推倒重来的气概
仿佛兵卒
一生唯命是从
在别人的棋局上
任由摆布

空　缺

1

职位空缺
觊觎的人
在权力的真空上蹿下跳
那间办公室
在心里走进走出
那张座椅
在梦里坐下　醒来又站起

其他人和事
次序并不混乱
不留痕迹的平静
证明了权力的虚弱
谢绝了仪式感的庄严
压抑紧张的气氛
职位空缺的间隙
自由有了出口
心里悄悄地放了小假
窗台外面的小花

舒展地抱着阳光微笑

2

时间的空缺
一场突如其来的车祸
让人惊慌失措
血肉模糊，生死一线
呼救　医生　医生　医生
抢救的过程丝丝相扣
强心针　打麻药　输血　手术
医生步履匆匆
护士小步快跑
责任以分分秒秒计算

呼救　医生　医生　医生
死神抱紧的病人
天使拦截抢下

3

垃圾在一条小巷悄悄聚集
邪风一抵达
纸屑飞舞　塑料袋飞舞
群魔乱舞　恶臭肆意

垃圾遍地泛出不堪入目的丑

空气污浊充斥在街巷
宠物的排泄物在瞳孔里放大
行人的脚步在左躲右闪
恶心与吐沫在控诉怨恨
责骂声不绝于耳

有人传话说
打扫卫生的那个人
前几天劳累昏倒住院了
平时不屑一顾的那个人
岗位空缺的几天
让人们怀想起来
此时
环卫工在人们心里的位置
定位为不可缺失

4

时间不会断流
间隙却在弥漫
渺小的尘埃结构紧密
填充着空缺
高高在上的白云

悠闲地享受无限时空
喝着太阳酿造的红酒
在天堂踱来踱去

高　楼

高楼

居高临下的姿态

傲慢无礼

蔑视踩踏比它低矮的物事

将头昂起

舔吻云层的裤底

一阵暴雨

眼见它楼起楼塌

悟 道

过去是虚空的
未来也是虚空的
现在
总在忙着走出虚空
又在忙着走向虚空

时间是虚空的
空间也是虚空的
所有事物
在尽力填充
佛寺里
有人祈祷心愿
这一生
都在用欲望编织网
为了占有
网住了痛苦和挣扎
放弃了一寸寸欢喜的时光
直到以死亡的方式
清空还账

爱上石头

注定不能爱上春天

不能爱上春天里的花朵

情感过于温柔

短暂的欢喜间

裸露纯洁

怕春风融化

怕痴情悬挂枝头

洋溢的亲吻温暖未退

肉体便凋零枯萎

而春风飘忽不定扬长而去

丢下我一世的等候

注定不能爱上溪流、河水

不能爱上浪花

心性过于天真

爱抚摸过的心房

蕴藏了蜜

而你却轻轻锁上门

抽身而去

沉浸在肺腑血脉里的幸福

转化为痛苦奔涌

一直找不到出口

注定只能爱上石头
千年的等候
来与不来
从来不曾怨恨
见与不见
从来不曾改变
固执沉默的爱依然坚贞

广场练字的老人

一个在广场练字的老人
像手里握着长矛的将军
点横竖撇捺
把灵魂大卸八块
形成不同方阵
在广场排开
每一个亮闪闪的字
都有各自的形态
或刚毅或纵情桀骜不驯
也有的字站不稳立不正
或猥琐或软弱蜷缩于地
不满意时
干脆一笔勾画了之
像处决敌人
一刀削去了脑袋
点点滴滴的污渍
像是满地滚动的眼泪
那同时被斩杀的
还有自己屈辱卑微的往事

老者的风筝

老者的风筝
像是他的翅膀
分明是他的心态
蓝天是舞台　遨游于天空

大地上的万物都是观众
仰视苍穹　见轻盈飘逸
想把一生低矮的宿命举高
试图屏蔽山峰的高远辽阔
仿佛一生的卑微扬眉吐气

戏耍命运之手
掌玩着浮沉起落
乾坤之间
唯一的王者
在虚空中信步独舞

虚拟的物事

上帝在天上吗
神仙在大山里吗

上帝被人们捧上了天
神仙被请进了寺庙
它们一切居所由人安置
饮食冥币随人供奉焚香
人的需要
是它们存在的价值
其实
那主宰一切的原来是人
何苦又常常跪下膜拜
那些我们用心虚拟的物事

草　屋

草的种子
无法长出树的挺拔伟岸
徒劳的向上挣扎
抵达不了心的高度
石头静默草丛
宽厚地抱住一片泥土
守着温暖
时不时地讲述大树
欲望被风拦腰折断的故事
成群的鸟儿散落
蚂蚁从石缝草屋间窜出
忙里忙外地当着主人
那间草屋
是蚂蚁的天堂

河　床

一条河床的裸露
不代表河流已彻底死亡
只是隐身于土地
岸边的薄雾是站立的姿态
漫漫细沙是水长出的骨头
血色是水开出的花朵

天地一本书

打开一本书

见到有人跋涉在山水的脚印

孤独的灵魂

从来没有走出黑夜

那点点滴滴的墨迹

像胸腔里流出来的血

默默诉说一世的抗争与苦难

把书本合上

那些角色又在我的身边晃悠

其实天地之间

就是一本书

没有人写得完　看得懂

后人只是在重复前人的脚印

又有谁那么值得趾高气扬

踏着落叶走向春天

如果没有什么高兴的事情
就让酒来陪伴跳舞吧

所有放不下的包袱
都被时光一点一点卸去

所有期待的希望
都被朝阳的曙光盛满

踏着一片片纷飞的落叶
走向春天

内心的忍耐如海
丢进所有的石头都能吞下

夜晚不眠的灯火
燃烧着看不见的孤独

我在南方想念一场雪

我在南方
想念一场雪

冬天必须冷过
方能增加对温暖的热爱
一场寒风
一场暴雪
才能让心萌发对春的期待
但不是所有的埋葬
都会在春天开出花朵

石头不会
它冷暖不知
只是抱着自己的梦
睡入尘土

我在南方
想念一场雪
想念那久远的刻骨铭心的温暖

雪

雪

来自天堂的情书

被等候已久的热情融化

还是过于纯洁

找不到安置之地

伸出的手

自私阴毒贪婪

想囚禁自由浪漫

我的眼光化成风

把那一片雪花收藏

不让她受污染

严冬的寒冷

是否补偿了其他的寒冷

落叶揭竿而起

落叶　在冬天揭竿而起
奋不顾身赴汤蹈火
山川顷刻变色
一场厮杀　壮怀激烈
北风呼啸　素白席卷苍穹
掩埋了声声叹息

无法置身事外
堆一雪人
凝固成想象的姿态
纯洁在人与鬼的世界
不随波逐流
化妆一下　暂且隐身
借一片落叶
扬起远航的帆驶入春天的海

黑夜反复埋葬肉体

如何让心平静下来

在这浮躁喧嚣的尘世

黑夜反复埋葬肉体

白昼又重新刨出来

人就这样

死去又活过来

活过来又死去

但终究死去

昼夜无法讲和

于是

有的事物成了牺牲品

生死是两岸的峡谷

人穿行其间

那心仿佛不是自己的

挤压出血浆

便化成风化成水

我什么都抓不住

难怪心会这么一直跳　一直跳

平静不下来

在生死间奔跑

却又永远逃离不开死神的围剿

彩 票

彩票是上帝之手

每一个信徒都在虔诚地众筹

并深信神灵会眷顾

一个人这么想

一群人这么想

从众的香火愈烧愈旺

大奖被上帝选中的蒙面人领走

大家理解　不可露富的古训

并且更加深信

大奖还会有

今天不碰上　明天会碰上

明天不碰上　以后会碰上

不买的人永远没机会

买的人早晚总会有机会

越想越有安慰

越买越有滋味

梦想做实了虚空

幻觉安抚了无奈

这人世

总要一剂药来慰藉
不清不醒间需要有梦
不贵不富时需要麻醉

我不再忧虑

每一次的厚葬
是丑陋的埋藏
所以我不再忧虑

每一次的堰塞湖
是力量的抗衡
是决堤的洪流
因此我不必忧虑

相反的风平浪息　时光静好
却让我惴惴不安
很怕新生命　胎死腹中
错过了翻天覆地的希望

我不再忧虑
穿梭在生死无常的人世
我无悲无喜
挽留不住这春秋转换的季节
甚至守护不了
窗口探头求救的一枝玫瑰

玫瑰说

我在脱去一层层包袱

去追赶春天

相机的暗示

相机有一种超自然的能力
留住时光　留下美好
定格永恒的青春　风景

有时也揭露某些事物
把硕大无比的形象
归结成一个缩写
如在地球上拍摄的太阳月亮
星星微若点点灯火
宇宙间拍摄的地球
山峰沟壑　大海沙漠
只是一个平面
分辨不出大小　高低

有时又突显出一种伟力
渺小的蚂蚁
托举起自身数倍的重负
甚至是时空
占据整个宇宙

角度原来可以支撑伟大

所以用不着妄自菲薄

换一个位置

便是不一样的风景

角 度

人常常囚禁于角度
当抬头仰望天空的时候
发现虚空　渺小　无助
看多了　心生绝望
蓦然回首却又满心欢喜
大地立于脚下
芳草茵茵　葱茏蓬勃
踏实　喜悦
幸福感　伸手可及

我们同坐在一辆公交车上

1

深秋落叶的忧伤
在一层层叠加
突如其来的悲痛如飓风袭来
重庆公交车坠江
寥寥七字新闻交代触目惊心
寥寥七字足以让恐怖席卷五洲
寥寥七字让人从鲁迅看客文化里
自我反省

女乘客与司机互殴
这样的事故原因让多少人唏嘘不已
最安全的交通工具
最热情的山城人民
被最冰冷的江水淹没
一页页报道刷屏了寂寞的凋零
深秋愈加寒心
长达 5 分 19 秒的纠缠冲突
若有人仗义执言据理劝止

是否会使怨妇停止疯狂

是否会让司机稍许安慰

是否会平息纷争防微杜渐

是否会避免一场灾难降临

见义勇为是否会引火烧身

看客嘴脸是否激怒了放纵

点燃愤怒之火

还是争抢剧烈失控

结局惨绝不堪回首

2

试想当初

公交车的到站提醒做得更好

乘客们的自觉素质修养更高

司机的宽容忍耐职业操守到位

暴戾恣睢之气稍少

祥和正义之风稍盛

容人克己之心稍强

又怎么会发生

15 个鲜活的生命瞬间即逝的悲剧

5 分 19 秒是愚昧文明的鸿沟之隔

是集体麻木的人心沦陷

当所有人面对危险选择沉默

面对人心不古选择听之任之

那么更加残酷的教训

必将一次又一次不厌其烦重复上演

沙滩崩塌的恐慌

如影相随

3

那失控改道的方向

如众人合力选择的阴阳之路

那冲破的安全护栏

是冲动奏响的毁灭悲哀之乐

这撕裂的伤口

是潜伏于内心的各种卑劣

这万劫不复的深渊

埋葬的是共同的冷漠麻木

这无辜的死亡

这无常的死亡

悲伤弥漫于江弥漫于海

弥漫于人心弥漫于天地

弥漫于分分秒秒

冰冷的水里浸泡着我们的手足

窒息了你我的父老和兄弟姐妹

江水呜咽汽笛悲鸣

一声声哭喊过后眼泪能否冲刷出明亮的眼眸

照亮黑暗的角落灰色的人心

4

习惯了事不关己高高挂起
漠视了对错麻木自我保全
学会了安之若素袖手旁观

我们对邪恶三缄其口
我们对危险置若罔闻
我们对是非缺少辨别
诚然是平静中放任魔性
在缄口中交易妥协
在放弃中接受强暴
恂恂如也的伪装
踟蹰的人生百态
人性在泄漏
底线在崩塌
人们在面对自我挖掘的坟墓
每一个人都可能被埋葬
我们都坐在那辆公交车上
不勇施正义援手
不敢向邪恶宣战
谁也不能幸免于难
拯救自己的力量
是善良的自然觉醒

是社会秩序的共同维护

模糊的画面
撕去一层虚伪的薄纱
惊愕的眼神
凝视一道救赎的命题
在尘世求解

掌心有千万条河流

掌心有千万条河流
不信你可以打开看看

不要去寻求海
因为每一个人的内心就是海
不要捏紧不放
因为我们放手才有无限可能
不要缩手缩脚
因为江河要有宽广深远的河床

真的
你的掌心有千万条河流
你主宰着河流的命运
你可以让河流流向任何方向

黑夜是华丽的披风

见夕阳坠落
万物有些惊慌失措

时光岸边的黑
在劈头盖脸地涌来
不是从脚下漫起
来不及逃离
一只鸟仓忙天涯
依然躲不开茫茫之夜
万物束手就擒
隔河的灯火昏暗
绝望呐喊

星光挑破一个口
眼神在奋力出逃
暗夜是一帘帷幕下
死亡的演习

于我
淡定地主动走向黑暗
让阴谋无计可施

把黑夜当作华丽的披风
在别人的熟睡中奔跑

夜　思

半夜蚊子的嗡嗡声
把睡眠吵醒
便胡思乱想起来

夜里不适合思考问题
睁开眼你看不清任何东西
你的心仿佛顺着深井下坠
无力自救
下坠的速度越来越快
慢慢地失去了恐怖的感觉

夜里不适合思考问题
闭上眼又仿佛漂流在海上
无边无际的绝望
孤独的恐惧
黑浪朝你涌来要吞噬你
挣扎着想逃离却又无法避开

这边夜黑风高
妖孽在尽情狂欢
夜深人静

总有人会夜不能眠

暗夜掩藏不住丑恶
真相一定会大白天下
静心等候
晨曦掀开黑幕的那一刻

仰望未来

当我们仰望未来的时候
心中由衷欢喜
仿佛见一道霞光
从天边朝我照来
心里的种子正噌噌地发芽
甚至看到花儿次第开放
传来阵阵芬芳

婴儿第一次抬头仰望的瞬间
那目光已唰唰地开启了
世界的帷幕
仿佛见一轮日出
正冉冉从心里升起

人生困惑迷茫的时候
我们仰望未来
那是生命存活的理由
今天此刻的痛苦绝望
未来会拯救我们
一缕缕阳光
会牵引我们走向明天

秋天的将军树

秋天

一片树叶在瑟瑟惶恐

雨滴冰凉

风有些荒唐

早些吹起要你萌发要你葱翠

而今一反常态

要你枯萎凋零入泥

满地的啜泣声

挣扎着孤绝的碎梦

屠杀肆虐展开

败落漫延　荒芜寂寞

一棵大树光秃秃地擎在原野

垂首肃立

像是一场血战之后的

将军

房顶上的人

远处看

房顶上的几个人

渺小得像几只蚂蚁

他们像在堆砌皇宫

皇宫里的人

只需要付出一点点劳务费

多一瓶酒

他们便会感激涕零

而生命有时比酒瓶易碎

酒瓶捏在手里

命是一根绳系着

房顶上的形象

那么渺小

又那么高大

否　定

　　昼夜相互否定
　　以对立的黑白
　　各自主政
　　春秋相互否定
　　以对立的生死
　　各占一季
　　个人融入其间
　　方可轮回

一滴水是匍匐的姿态

从高楼上往下看
每一栋楼顶都那么凌乱
每一个行人都那么渺小
从山峰顶往下看
树和草都是一样高矮
高楼与平房都没有高差
从飞机上往下看
山峰与田野
沟壑与平原
都在大地的一条水平线上

喜欢站在高处看物看事看人
突出某些虚荣
选择不同的角度和参照物
使内心完美
错位的视角颠倒了是非
彼此对视的时候
往往才会相互入眼

其实
人既不比一滴水高贵

也不比一座山峰低矮
一滴水是匍匐的姿态
一座山峰是昂起的头颅

城市一直喊痛

城市一直喊痛

生下来就是营养不良

黄皮寡瘦矮小猥琐

破衣褴褛

先是肠胃消化不好

排放不畅

吃药不行开刀

理出一堆堆肠子

翻来翻去剪断接上

血管弯曲需要理直

管壁狭窄需要扩宽

搭支架移植器官

缝针感染发炎

再暴力打开

每一次都是理直气壮

深夜的钻孔声撞击声

声声凄厉

城市一直喊痛

酒　友

在这茫茫尘世间
你常常酣醉
为这不明不白的暗夜
为这纵横交错的路途
为这似有似无的鬼神
为这不清不楚的前世今生

在这浓烈的酒中
你常常清醒
时而大悲哭泣
为芸芸众生的伤痛
为无可奈何的苦难
时而大喜高歌
为高山峡谷的雄奇
为田野饱满的金黄

仿佛
你从来没有清醒过
也从来没有糊涂过
清醒过的是酒
糊涂了的是酒

醒着
你便一直糊涂
睡着
你却清醒了

另一只眼睛

所有的事情
在另一个世界都看得见

今天是时光的追杀者

过去与未来

是一对丰满的乳房

喂养昨天的饥饿与成长

喂养明天的希望与梦想

在今天现在

肩上挑着春风与金秋

陷入夏季的泥泞

重心失衡跌跌撞撞

此时　此刻

彷徨在今天

希望脚能拔出雨季的泥潭

梦想能拯救颓废庸沉的现实

容许一朵花在眼里安家

容许一滴泪

诉说根须在土地里挣扎

可以离开昨天

可以不追明天

却无法回避今天

听到一缕风在耳边喊救命

瞬间将风收藏到衣袖

茫然地寻找追杀者

找一个借口偷渡

在从版纳飞往河南郑州的飞机上
经停昆明有客人下机
见一三十出头的女人风韵犹存
戴着眼镜斯文儒雅
却见她用力挤搡的时机
将一块飞机上的毛毯塞入背包
虽然神色紧张眼神慌乱
但是动作娴熟迅速

瞬间的惊讶中镇定下来
如果有人揭穿她卑劣偷盗
美丽的外表掩藏不了尴尬
或许她有苦痛需要一块毛毯来遮挡
或许她的美丽需要一块毛毯来装饰
就如我们找一个借口让内心偷渡
在不入眼的地方侧转身体

在尘世裸奔的人

心里一直有潮汐在汹涌澎湃
想面对大海倾吐溶解释放
堤岸上的礁石是一个不死的灵魂
在接受浪的洗浴拍打
有时也收留海的泪水依然苦涩
如此宽广的胸怀隐藏不了忧愁
洗刷不尽污浊
阳光灼灼圣洁在升腾又似乎回转
风在清浊之间讲和
沙粒在狭隘之地固执己见
正如　坚持握紧所有
却让沙砾水滴空气时光
——流失
本在万物之列又能回避什么
独立的肉体又怎么安生
在尘世裸奔的人
人们不会同情他的一无所有
而是讥讽他的不耻

儿子是一条狗的名字

一条狗
你让它进入客厅
它便会坐到沙发上
学会讨巧陪主人玩
时间长了
自己守夜的职责也忘记了
动物灵敏的嗅觉寻着主人的喜好来了
慢慢地
这只狗有了一个好听的名字——
儿子

猫叫春

夜里
一只猫叫声凄惨
那痛苦像是丢了八个魂
有九条命的猫
留下一条命在呼喊
衣食无忧的猫
在暗夜里不知羞耻地寻找爱情
那叫声
让一个把猫当伴侣的人
撕心裂肺

河流的灵魂

久旱雨有些急
它们怕一条河流的魂灵
被人看见
慌忙拥入怀中
将它带走

山顶的石头滚落粉身碎骨
化身尘埃深藏谷底
她厌倦了高高在上的凶险
与无法抵达的顶点
总让守望的梦
灰飞烟灭

它们一再向风诉说
当年登上高处
试图证明
河底的魂灵就是这个样子
雨水一次次掩盖真相
并把它说成是骗子

那茫茫无际的沙子
实是现出真相的泪水

关闭了一个白天

夜晚我把门窗关上
再把窗帘拉上
眼睛也闭上
再用一种颜色把自己封闭

可是心啊一直在跳
想跳出窗外
这是一种撕扯背叛
还是想擦去白天行走的脚印
痕迹
收回不合时宜的声音
放弃突如其来涌入眼底的虚幻

种种销毁不了的证据证明
隐藏与躲避都是自欺欺人
原来私藏的秘密
是一把打开光明磊落的钥匙

关闭一个白天
开启了新的寻找

推开黑暗的门

便是无限光明的未来

适可而止

小草为了不被践踏

尽力成长

却枯于季节

树木为了一片天空

尽力成长

却终于海拔

山峰为了更多领地

积累成长

却陷入崩塌

我偶然间到访

看到所有上长的事物

都在以身相告

敬畏规律　知道进退

圣贤已往

却有书曰

适可而止

野　花

为了不被忽视
穷尽一生的努力
终于开出了花
却又遭遇嫉恨
一夜之间的暴雨
替草出了恶气

生生不息的族类精神
终于有了一个共同的名字
野花

渺小本身就是厄运
抗争原是生存天性

真　相

大雾弥漫

似乎欲掩盖某些真相

一阵暴雨

倾泻在苍宇之间

万物归隐

天地的舞台上壮怀激烈

一场清洗

大地纯净澄明

天空彩虹静美

神州恢复了秩序

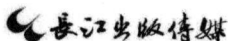

图书在版编目（ＣＩＰ）数据

弦歌岁月 / 范文武著.-- 武汉：长江文艺出版社，
2020.6
ISBN 978-7-5702-1443-3

Ⅰ．①弦… Ⅱ．①范… Ⅲ．①诗集－中国－当代
Ⅳ．①I227

中国版本图书馆 CIP 数据核字(2020)第 004637 号

责任编辑：胡　璇　　　　　　　　责任校对：毛　娟
封面设计：吕袭明　　　　　　　　责任印制：邱　莉　　王光兴

出版：长江出版传媒　　长江文艺出版社
地址：武汉市雄楚大街 268 号　　　邮编：430070
发行：长江文艺出版社
http://www.cjlap.com
印刷：武汉市籍缘印刷厂

开本：880 毫米×1230 毫米　　1/32　　印张：6.375　　插页：6 页
版次：2020 年 6 月第 1 版　　　2020 年 6 月第 1 次印刷
行数：3940 行

定价：46.00 元